Ye

19904

LA FOURURE
ET L'HYVER,
OU
LE MITONNET.
VERS DISSYLLABES:
Par M. DEMAISONCELLE.

A PARIS,

Chez la Veuve VALLEYRE, Imprimeur-Libraire,
rue de la Huchette, à la Ville de Riom.

M. DCC. XXXVIII.
AVEC PERMISSION.

A V I S.

L'Auteur eſt obligé de convenir avec toute la ſoumiſſion dûe au Public connoiſſeur, que cette Piéce n'eſt ni aſſez marotique, pour qu'il oſe lui donner ce titre, ni aſſez dans le pur françois, pour qu'il n'expoſe pas ſes raiſons.

Notre ſiécle n'eſt rien moins qu'ignorant, mais le vrai marotique ſemble forcer l'attention des perſonnes qui ne veulent que de l'imagination & de l'eſprit. Le Sexe n'eſt pas fait pour ſe donner d'autre étude que celle de plaire, & pour lui plaire à lui-même, il faut parler françois: de là on a cru néceſſaire d'expliquer les expreſſions qui auroient pû laiſſer ſa pénétration & ſa ſubtilité en défaut. Que diront les gens de Lettres ? Il y a quelques traits marotiques qui pourront être de leur goût.

A ij

On n'a donc employé le marotique qu'autant qu'il donnoit quelque
énergie, & même ayant voulu fran-
cifer cette Piéce, l'Auteur s'eft ap-
perçu qu'il ne le pouvoit fans l'af-
foiblir confidérablement. Pourquoi
donc la donner ? C'eft une Piéce
d'hyver, un opufcule du tems ; des
gens fans partialité ont paru la de-
firer.

D'ailleurs la tête remplie d'autres
ouvrages plus férieux, l'Auteur fent
qu'il y a trop long-tems qu'elle traîne
fur le bureau.

Outre ces raifons, il y a tant de
goûts differens, que l'on prie le Lecteur de voir ce qu'on peut en pen-
fer dans un des Triolets qui font à
la fin d'un Almanach nouveau en
vers, intitulé : *Les Agrémens de
Paris.*

LA FOURURE
ET L'HYVER,
OU
LE MITONNNET.

VERS DISSYLLABES.

DEPUIS long-tems l'ingénieux Co-
mus *a*
Nous enrichit d'aimables superflus,
Depuis long-tems sa tête calotine
Par faux brillans la jeunesse fascine,
Bien le sçavez, mere du tendre amour,
S'il vous chérit, vous n'êtes sans retour.
Maint petit don par quoi ce Dieu vous tente,
Sort du coffret comme pierre d'attente.
De votre accord bref on juge à Paris
Qu'avez tous deux les mêmes favoris.
Venons au fait, & suivons à la piste
Ce Dieu fauteur de tout colifichet :
Depuis deux ans il est, dit-on, copiste

a Dieu des Toilettes.

A iij

D'un mince Etui, *Miton* ou *Mitonnet*,
Où font les mains comme dans un bonnet.
Qu'on ne vit onc *a* chéri par habitude,
Sinon de gens nés pour la folitude.

Tel cachemains chez les doctes reclus
Etoit de mife, utile, & rien de plus.
Chez les mondains c'eft manie enfantine,
Clinquant œuvré par mode feminine.

Tant s'engoüa de ce col de matras *b*
Gentil Badaut, que d'autres ne fit cas;
Ains d'embellir l'avorton il prit cure *c*,
Bien-tôt ès mains de gens de tous états
Se faufila fous riche couverture.

Point n'ignorons que la fageffe pure
De bonne laine humblement le vêtit,
L'habillement étoit affez honnête,
Meffer Comus lui met le luxe en tête,
Si *d* que bien-tôt Miton fe traveftit
En Damoifeau d'azur ou d'écarlate,
Le velours fin orne fa rondeur plate.

Qui l'eut penfé, l'outrecuidant falot *e*
A beaux Ourfons fait croquer le marmot,
Et pour lui faire une fame *f* plus sûre,
Martre & Cervier font mis en découpure.

a Jamais.
b Vafe à long col, dont fe fervent les Chymiftes.
c Il prit foin.
d De façon.
e Trompeur téméraire.
f Réputation.

Que dire plus , ſon bord eſt herminé
Et tout manchon giſſant abandonné ,
Comme ancien meuble , & d'eſpece gothique.
Contre la mode il n'eſt point de replique,
Robin , Courtaut , Petit-Maître , Vieillard ,
Au Mitonnet chacun veut prendre part,
L'Hyver enfin lui cede ſans murmure :
Ores voyons , n'en déplaiſe aux beaux fils
Adorateurs de Come *a* & de Cypris ,
Ce qu'en penſa noble Dame Fourure.

Au nouvel an ſurmonter les dégoûts
Et ſe ſerrer bras deſſus , bras deſſous ,
Quoique l'on ſoit d'humeur antipathique ;
A de tout tems été mis en pratique.
L'uſage donc au patron glacial
Fit embraſſer le cérémonial.

Janvier venu , voila mon hypocrite
Qui rend chez nous mainte & mainte viſite
Ez lieux ſur-tout où l'on le chériſſoit,
Vû que par lui le lucre s'accroiſſoit.
Bien entendons que les prudens artiſtes
De la Fourure à le voir ne ſont triſtes ,
Ains lâcheroient à l'Eté maints ducats
Pour que ne vint oncques dans nos climats.
Mais dût l'Hyver du froid doubler la doſe,
De leur ruine il ne fut pas moins cauſe.
Reſtez chez nous , diſoient ces bonnes gens,
Nous vous rendrons mille ſoins obligeans.
Ce n'eſt de moi , dit-il , qu'êtes en peine,
Mais des humains dont avez bonne aubeine.
J'entens de reſte , aimables Compagnons ,

a ou Comus.

Trop plus *a* m'aimez pour que les doigts mignons
Qui vont craignans l'engelûre livide,
Tiennent manchons de votre main avide.
Foin.... n'y comptez.... la mode a bien mieux fait ;
Voyez ? soudain de sa manique *b* il tire
Cadet Miton, puis à leurs nés de rire.
Peuple Foureur en est tout stupefait.
Vengeance, ô Ciel ! dit la troupe confuse
Des Vétérans, c'est ainsi qu'on abuse
De nos travaux pendant neuf mois entiers !
Ne nous prend-t'on que pour des regratiers ?
Quoi ! verra-t'on déprimer le beau zele
Par quoi notre art jusqu'au trône porté,
De la Vertu pare la gravité ?
Faut-il qu'un goût fantastique & femelle
Fasse encenser la folle vanité
Au détriment *c* de solide beauté ?
Chacun y court comme à gente pucelle.
Ne vous trompés, Mitonnet mon ami,
N'êtes aimé des Belles qu'à demi,
Plus d'une croit qu'un gros manchon utile
Affuble mieux la poitrine virile ;
Ainsi n'avez chétif brinborion,
Qu'un faux éclat de réputation.
N'est-ce pas nous qui marquons la doctrine,
Sans que toujours de près on l'examine,
Et nous verrons Livres Grecs & Latins
Pour vous prouver que n'êtes que badins.

Bon, dit l'Hyver, mais enfin c'est la mode.
Par beaux discours mettez tout à *quia* ;

a Vous m'aimez plus qu'il ne faudroit, trop à cause
de vous-même.
b Manche ou poche.
c A la ruine.

Les bras en l'air de ce je m'accomode ;
N'en parlons plus : & puis *in manica a*
Il vous remet le Miton *fonica* ; *b*
Si-tôt il part , fa fureur vagabonde
Jà *c* lui fait voir mainte *d* forêt profonde ;
Où le Cervier de fon gîte chaffé ,
Par dol *é* de Turc ou force eft téraffé.

La Poëfie eft fœur de la Peinture ,
La fuivre en tout , n'eft pourtant regle fure :
Mal à propos (le trait eft important)
On peint l'Hyver en vieillard impotant ;
Bien fur nos corps mille maux il inflige ,
Sans qu'aucun d'eux l'intéreffe ou l'afflige :
Adonc *f* jugeons l'Hyver alégre & fec ,
Allant toujours court vêtu comme un Grec :
A fes accez lui-même n'eft fenfible ,
Dureté d'ame en naiffant eft fa part ;
Et de-là vient qu'on dit qu'il n'eft bâtard ;
Difpenfateur des frimats & des glaces ,
Il rit de voir nos piteufes grimaces :
Et fans pourpoint n'a tant de froid là-haut ;
Que gent terreftre avec manteau bien chaud.

Au fond des bois , où la *Dvvine g* ferpente ;
Un fouterrain d'un immenfe contour ,

a Dans fa poche.
b Sur le champ.   *c* Déja.
d Plus d'une.
e Rufe.
f Donc.
g Fleuve de la Mofcovie , qui a fon embouchure dans la Mer Blanche : quelques Géographes ont francifé ce mot par *Divine*. L'Auteur n'en fait ici que deux fyllabes , felon fon origine *Dvvina*.

De la fourure est , dit-on , le féjour :
De *Boreas a* la fureur violente
Ne trouve illec *b* ouverture ne *c* fente ;
Fors *d* le pertuis *e* en trape conformé ,
Si qu'eft *f* pourtant dans le roc entamé :
Que fait l'Hyver ? il ajufte & décore
Gent aîleron *g* comme l'amant de Flore ;
Peu s'en fallut en intriguant felon ,
Qu'il n'en mit un à fon gauche talon ;
Mais pour Mercure on l'auroit pris fans doute ;
Comme Zéphir , il pourfuivoit fa route ;
Zéphir ou tel , le voilà parvenu
Jufqu'au trapet , & même defcendu
Ez pays clos que la Fourure habite :
Encore un tems il fit de l'hypocrite ,
Et femillant ainfi que le Zéphir ,
De l'admirer il laiffa le loifir.

Bel amoureux , dit la Dame Fourée ;
Avez-vous pû traverfer l'Empirée ?
Approchez-vous un peu de mon foyer.
L'Hyver fut pris , & de remercier ,
Car maint glaçon , deffous la foubrevefte *h* ,
Eut fait affront au Dieu qui nous molefte :
Tenez , mignon , dit-elle , & lui départ
Un beau manchon mi-Tigre & Léopard ;

a Borée , vent froid.
b Là , en ce lieu.
c Ne pour ni,
d Fors , excepté.
e L'entrée.
f De façon.
g Gentil , joli.
h Soubrevefte , pris ici pour ce que nous appellons vulgairement gillet.

Manchon à moi, ce poids est incommode;
J'ai l'air jeunet, & veux suivre la mode:
Il est un don plus aisé, moins pesant,
Dont tout Paris s'est rendu partisan:
Et ne vous dis bon jour & bonne année,
Qu'en même tems ne soyez étrennée:
Faites essai, pour vous tenir bien chaud,
Le *Mitonnet* est tout ce qu'il nous faut:
Oui bien, à nous dit la Dame surprise;
Mais pour genre homme oncques ne fut de mise:
Avisez-y, si que sans nous brouiller,
Jà ne puissions l'un de l'autre railler.
Brouiller... railler... quels discours sont les vôtres?
C'est moi qui brouille & raille tous les autres,
Quelle superbe ! *a* oser me défier !
J'aurois beau jeu pour vous mortifier;
Mais non, je veux user de politesse,
Croyez-moi, l'air de petite maîtresse
Point ne me duit *b* : Enfin je suis l'Hyver,
De *Mitonnet* mon poignet est couvert:
Qu'importe à moi, politique ou franchise;
En userez, si quelqu'un le méprise,
Je glace tout, c'est à vous d'y penser:
Ne croyez pas par là m'embarasser,
Reprend la Dame, a bien peur qui menace;
Chez Jupiter, sans me flatter, j'ai place:
Mon flegme est sûr de n'être rejetté,
Et vaudra bien votre crâne éventé:
Au Dieu loyal on peut bien s'en remettre;
Allons sans plus nos raisons lui soumettre.

Comment au Ciel le Duo fut guindé,

a Quel orgueil.
b Ne me convient.

Vraiment à tort me feroit demandé :
Quoique la verve à toute heure m'entraîne,
Je ne pourrois le dire qu'avec peine ;
Les y voilà : c'eft plutôt fait, Lecteur ,
Qu'en dites-vous ? l'Hyver eut grande peur ,
Pris derechef , comme Mars en carême ,
Voyant Jupin très-manchonné lui-même ,
Non que le Dieu n'eut chaleurs à foifon ,
Mais feulement pour fuivre la faifon.

Ce n'eft pas tout , de l'un à l'autre terme
Du monde entier d'accord devant Jupin ,
Maint animal , voire *a* Jeannot lapin ,
Contre *Miton* déclamoit fort & ferme :
Quoi ! difoient-ils , n'eft-ce donc pas affez
Qu'injuftement contre nous courrouffez ,
Les fiers humains nous privent de la vie ,
De quelque los , *b* fi cette mort fuivie
N'offre un relief trop cherement payé
De tout le mal en vivant effuyé :
De nous chaffer eft prife la coutume ,
D'accord , mais quoi ! notre Dieu porte rhume
Pâlit alors , car Jupin dit hola ,
Çà , redigeons toutes ces plaintes-là ,
Pour nul de vous je n'ai l'oreille claufe ;
Tour à tour foit ; gentil Martret , pour caufe
Approchez-vous , cet honneur vous eft dû ,
Cervier , après vous ferez entendu.

Sire, dit-il, étoffe rouge ou bleue,
Pour Mitonnet ne veut tant de ma queue,
Que fi c'étoit manchon d'ample contour :

a Même.
b Honneur.

Le cœur de l'homme eft-il donc fans retour ?
Point ne voyons par telle œconomie,
Se rallentir fa fureur ennemie,
Et n'avoir pas pour ce colifichet
De toutes peaux amas auffi complet :
Je me tairois, fi moindre étoit la chaffe ;
Las ! près de lui n'obtenons plus de grace :
Ains fe difant que manchon reviendra,
En provifeur contre nous il tiendra :
On me connut toujours doux & modeste :
C'eft tout mon dict, je devine le refte,
Reprit Jupin ; & vous beaux animaux,
Qu'en penfez-vous ? chacun d'eux à ces mots,
Tollant *a* Martret d'une voix unanime,
Levent la pate en figne de l'eftime
Dûe au *dictum* de l'Orateur difert. *b*

Faux point d'honneur nous entête & nous perd ;
Par trop fouvent, dit Cervier d'un ton grave,
Tout quadrupede eft de l'homme l'efclave,
En convenons, puiffant Maître des Dieux ;
Mais qu'il foit dit par un Arrêt des Cieux,
Jouxt *c* le propos de Martre mon Confrere,
Qu'on nous fera de beaucoup moins la guerre.

Point ne chaumez *d* de raifon, dit Jupin,
Mais confultons le livre du Deftin ;
Si-tôt l'ouvrit, la feuille inviolable
Fit recorder cet Arrêt formidable.

a Elevant.
b Eloquent.
c Conformément
d Vous ne manquez.

Tous beftiaux , fauvages & poilus;
Seront de l'homme & bien & mal voulus;
Bien cuidant *a* , l'homme y trouver veftiture;
Mal pour la chaffe & la déconfiture.

Puifqu'eft ainfi , dirent le Tigre & l'Ours,
A nos fureurs donnons un libre cours ;
En tant que l'homme eft plein d'ingratitude,
A le vexer redoublons notre étude;
Faifons fentir que la raifon l'endort,
Et que l'inftinct rend notre parti fort :
Nous requerons de l'Arbitre fuprême,
Si le milieu dans ce défordre extrême,
N'eft pas d'avoir double ferocité,
Pour collater *b* à fa déloyauté.

Vous y perdrez , dit le fouverain Maître;
Ongles & dents, j'incline à protéger,
Mais par le Stix , fi je puis rien changer
A tel Arrêt , prenez-moi pour un reiftre ;
Le défefpoir eft le pire des maux :
Laiffez Miton ès mains des Damoifeaux,
C'eft pour un tems , & la mode boufonne
Ne hantera nulle grave perfonne :
Pour s'élever en vain il fait effort,
Trop plus s'en faut que manchon ne foit mort,
Il revivra malgré la tête alerte ;
Par quoi voyons votre maifon deferte :
Politiquez avec tels courifans,
Ayez toujours Mitonnets fuffifans:
Le moyen fûr pour que la mode paffe,
Eft d'en fournir jufqu'à ce qu'on s'en laffe :

a Se fiant.
b Pour contrebalancer fa méchanceté

Ores mon chef à souper comme à jeun,
Tiendra toujours pour un gros Martre brun ;
Cervier, pour toi n'avons l'ame si tendre,
Ta beauté plaît, mais ne pouvons reprendre
L'Hyver d'après ton poil trop décevant *a*,
Le feu lui nuit, Martre va plus avant ;
Qui s'allongea, ce fut la mine séche
Du Dieu d'H'yver, rien ici ne l'alléche *b* ;
Certe il eut vû sa faconde à vauleau,
Jupin sçachant qu'au fond de son cerveau,
Pour Mitonnet tourne sa complaisance ;
Lui dit, Hyver, par moins de suffisance
Ne vous targuez d'avoir pris ce parti,
Fors autrement auriez le démenti.

Je Juge donc que l'humaine cervelle,
Va s'enyvrant de la mode nouvelle,
Et que par fois ses accez superflus
Vont au dégré de n'y connoître plus :
S'il est donc vrai qu'en ce critique ait place,
J'irai moi-même ès sentiers du Parnasse
Sur maints griefs donner conclusion
Contre l'abus de telle illusion.
Qu'avec *Miton* gasconne la jeunesse ;
Honni sera toujours de la sagesse.

a Séduisant.
b Ne le flatte, ne l'excite à parler.

F I N.

APPROBATION.

J'Ai lû par ordre de Monfieur le Lieutenant Général de Police un écrit intitulé : *La Fourure & l'Hyver*, ou *Mitonnet*, dont on peut permettre l'impreffion. A Paris ce feptiéme Février 1738.

PAGET.

Vû l'Approbation du Sieur Paget, permis d'imprimer. A Paris le huit Février 1738.

HERAULT.